Aliocha

FichesdeLecture.com

Aliocha
(Fiche de lecture)

I. L'AUTEUR

Henri Troyat, de son vrai nom Lev Aslanovitchy Tarassov, naquit à Moscou le 1er novembre 1911. Lors de la Révolution russe, son père fut contraint d'abandonner une entreprise prospère et toute la famille partit en exode (Caucase, Crimée, Constantinople, Venise, Paris en 1920). Il fit toutes ses études au lycée Pasteur de Neuilly-sur-Seine puis après avoir obtenu une licence de droit, il entra à la Préfecture de la Seine et occupa ses heures libres à écrire. Dès 1935 il reçut le Prix du Roman populiste pour son premier roman, *Faux jour*, qu'il écrivit alors qu'il faisait son service militaire à Metz. De nombreux prix suivirent (1938, prix Max Barthou pour l'ensemble de son œuvre, prix Goncourt la même année pour *L'Araigne*, 1952, Grand prix littéraire du Prince Pierre de Monaco). Dès 1940, il entreprit d'écrire une grande épopée inspirée de ses souvenirs de Russie : *Tant que la Terre durera* suivie des *Semailles et les Moissons*. Il fut élu à l'Académie française le 21 mai 1959 au fauteuil de Claude Farrère. Il publie *Aliocha* en 1991. Après avoir rédigé une centaine de romans et de biographies, Henri Troyat meurt à Paris le 2 mars 2007 et est inhumé au cimetière du Montparnasse. (Sources : www.académie-française.fr, www.wikipedia.org)

II. RÉSUMÉ DU ROMAN

Alexis Krapivine est un adolescent russe qui a émigré en France avec ses parents au lendemain de l'ascension au pouvoir de Lénine. Cependant, élève de troisième au lycée Pasteur de Neuilly-sur-seine, Aliocha ne partage pas les regrets de ses parents qui ont tout perdu en quittant la Russie et qui rêve de pouvoir fouler à nouveau le sol de leur patrie. Lui se sent Français et se passionne pour la culture française. Ses origines russes ne sont pour lui qu'un fardeau qu'il aimerait oublier.

Dans sa classe, en 1924, il se lie d'amitié avec Thierry Gozelin, le meilleur élève, fou de littérature. Comme lui, Thierry se sent à part : une malformation physique le tient à l'écart de ses camarades de classe, qu'il juge par ailleurs un peu idiots. Thierry et Aliocha vont vivre une grande amitié, et Thierry tentera de réconcilier son ami avec ses racines. Il lui ouvrira également la porte du savoir en suscitant sa curiosité pour les auteurs qu'il ne connaît pas.

III. THÈMES DU ROMAN

L'amitié

L'amitié est au centre du roman. Aliocha et Thierry sont conscients d'être des garçons à part. Le premier, immigré russe, est sujet aux railleries de ses camarades. À un tel point qu'il serait prêt à renier ses origines pour être comme tout le monde. Il ne supporte pas d'ailleurs l'obsession de ses parents de retourner en Russie. Thierry, quant à lui, a une malformation physique et une santé fragile. Ses parents le protègent bien trop à son goût, et ses seuls déplacements se font en voiture, conduite par le chauffeur de la famille, ce qui n'attire pas la bienveillance de ses camarades de classe. Cependant, c'est tout autre chose qui attire Aliocha : le savoir de son camarade, ses résultats brillants le motivent. Aliocha est ravi de le concurrencer, même s'il ne s'agit que d'une concurrence amicale. Tous deux partagent de plus en plus de temps ensemble. Ils parlent peinture, littérature, Thierry lui fait découvrir les auteurs qu'il apprécie et admire même son ami de pouvoir lire Tolstoï dans le texte. Totalement rebuté au départ, Aliocha se plongera dans cette langue maternelle qu'il a pourtant bien du mal à lire, pour faire plaisir à son ami.

Cette amitié n'était pourtant pas facilitée au départ. En effet, les deux adolescents ne font pas partie du même monde, et cela inquiète beaucoup Aliocha. Mais peu à peu, invité par les parents de Thierry, Aliocha sera de plus en plus intime avec les Gozelin. Il passera même quelques jours de vacances avec son ami dans leur chalet de Saint-Gervais.

L'émigration

Ce thème est au centre du roman, puisque c'est ce qu'a vécu le protagoniste et c'est ce qui semble l'handicaper au début du roman. Aliocha supporte mal d'être différent des autres. Différent, il ne l'est pas uniquement par ses origines, il l'est également par son savoir, sa curiosité insatiable et son ambition. Cependant, il est vrai qu'il ne vit pas comme les autres enfants de son âge. Ses parents ont tout perdu en quittant la Russie. Autrefois chef d'entreprise aisé, Georges Pavlovitch est désormais démarcheur pour le compte d'une entreprise vendant des articles de bureau. Les rentrées d'argent sont maigres et Aliocha ne peut pas se permettre de partir en vacances. Ils vivent dans un petit deux pièces et Aliocha n'a pas l'intimité qu'il souhaiterait.

Ce thème de l'émigration – nous pourrions même dire « immigration » - contribue à faire de ce roman un roman très actuel. Nombreux sont les adolescents qui pourraient se retrouver dans *Aliocha*.

IV. PRINCIPAUX PERSONNAGES

Alexis Krapivine dit Aliocha

Adolescent de quatorze ans et demi, russe, studieux et curieux. Il rêve une intégration parfaite et se donne tous les moyens pour ce faire. Il nourrit avec son ami Thierry le secret projet de devenir écrivain, en Français.

Thierry Gozelin

Issu d'une famille aisée, Thierry ne vit pas pour autant dans le bonheur. Une malformation et une santé fragile l'empêchent d'être comme tous les garçons de son âge. Alors il se cultive, visite les musées, se plonge dans les romans, s'intéresse à l'actualité politique, et de ce fait sympathise avec cet immigré russe que tous les autres rejettent. Thierry est également très lucide pour son âge. Il sait qu'il ne pourra jamais rien recevoir de personne, excepté de ses parents et de son ami, et en prend son parti. Il sait qu'il ne se mariera jamais, n'aura jamais d'enfant, que les seuls rapports qu'il pourra avoir seront avec des professionnelles. Lucide ? Visionnaire ? Thierry pressent-il qu'il ne vivra pas vieux ? Telle est peut-être la raison pour laquelle il semble mordre la vie à pleines dents à Saint-Gervais, bravant parfois le danger, allant souvent au-delà de ses forces et de ses capacités ?

Georges Pavlovitch et Hélène Fedorovna

Ce sont les parents d'Aliocha. Ils ont tout perdu en quittant la Russie après l'arrivée au pouvoir des Bolchéviks. S'ils semblent accepter leur vie en France, c'est qu'ils nourrissent le secret espoir de retrouver bientôt leur patrie d'origine. Aux yeux de leur fils, ils ne s'intègrent pas suffisamment. Les amis qu'ils fréquentent sont russes, ils ne s'intéressent qu'à l'actualité qui concerne la Russie – mort de Lénine, reconnaissance de la Russie par les grandes puissances européennes, la France et l'Angleterre – et Hélène Fédorovna ne se borne qu'à lire des auteurs russes qu'elle voudrait que son fils lise dans le texte. Ils ne semblent pas comprendre leur fils, mais leur attitude est bien naturelle. Comment accepter un changement de vie si radical sans l'espoir de retrouver sa terre ? Comment oublier ses racines, sa langue, sa patrie ?

Ils sont également, l'un et l'autre, assez fiers. En effet, ils se refusent à laisser partir Alexis en vacances, car leurs moyens financiers ne le permettent pas et ils ne sont pas prêts à accepter une quelconque aide des parents de Thierry. C'est uniquement parce que Mme Gozelin insiste pour emmener Alexis pour le bien de son fils qu'ils y consentent. Ils ont ce respect d'autrui et cette grandeur d'âme qui en font des êtres attachants.

V. UN ROMAN AUTOBIOGRAPHIQUE

Henri Troyat quitte sa Russie natale avec sa famille en 1917, au lendemain de la Révolution russe. En 1920, il émigre à Paris et fait toutes ses études au lycée Pasteur de Neuilly. Il en est pratiquement de même pour son protagoniste, Alexis : la famille Krapivine quitte Moscou en 1917, au lendemain de l'arrivée au pouvoir de Lénine, et en 1924, Alexis et ses parents habitent un minuscule appartement de Neuilly-sur-Seine. Le père du protagoniste et celui de l'auteur avaient tous deux une place de choix dans le commerce en Russie. Le protagoniste et l'auteur fréquentent tous deux, à la même époque, le lycée Pasteur. Une différence : Aliocha a 14 ans et demi en 1924, Henri Troyat a 13 ans.

On peut aisément apercevoir l'auteur au travers d'Aliocha. Sa passion pour la littérature française et son désir de devenir un jour écrivain. L'auteur a-t-il, lui aussi, un jour, été éveillé aux trésors de la culture française par un ami, qui aurait insufflé en lui cette passion pour les mots, qui, en grandissant, aurait fait naître tant de chefs-d'œuvre ? A-t-il lui aussi souffert de ses origines, de ses différences, comme son protagoniste ?

Dans la même collection en numérique

Escadrille 80

Inconnu à cette adresse

La controverse de Valladolid

Les Vilains petits canards

Une partie de campagne

Cahier d'un retour au pays natal

Dora Bruder

L'Enfant et la rivière

Moderato Cantabile

Alice au pays des merveilles

Le faucon déniché

Une vie

Chronique des Indiens Guayaki

Je voudrais que quelqu'un m'attende quelque part

La nuit de Valognes

Œdipe

Disparition Programmée

Education européenne

L'auberge rouge

L'Illiade

Le voyage de Monsieur Perrichon

Lucrèce Borgia

Paul et Virginie

Ursule Mirouët

Discours sur les fondements de l'inégalité

L'adversaire

La petite Fadette

La prochaine fois

Le blé en herbe

Le Mystère de la Chambre Jaune

Les Hauts des Hurlevent

Les perses

Mondo et autres histoires

Vingt mille lieues sous les mers

99 francs

Arria Marcella

Chante Luna

Emile, ou de l'éducation
Histoires extraordinaires
L'homme invisible
La bibliothécaire
La cicatrice
La croix des pauvres
La fille du capitaine
Le Crime de l'Orient-Express
Le Faucon malté
Le hussard sur le toit
Le Livre dont vous êtes la victime
Les cinq écus de Bretagne
No pasarán, le jeu
Quand j'avais cinq ans je m'ai tué
Si tu veux être mon amie
Tristan et Iseult
Une bouteille dans la mer de Gaza
Cent ans de solitude
Contes à l'envers
Contes et nouvelles en vers
Dalva
Jean de Florette
L'homme qui voulait être heureux
L'île mystérieuse
La Dame aux camélias
La petite sirène
La planète des singes
La Religieuse
1984 A l'Ouest rien de nouveau
Aliocha
Andromaque
Au bonheur des dames
Bel ami
Bérénice
Caligula
Cannibale
Carmen

Chronique d'une mort annoncée

Contes des frères Grimm

Cyrano de Bergerac

Des souris et des hommes

Deux ans de vacances

Dom Juan

Electre

En attendant Godot

Enfance

Eugénie Grandet

Fahrenheit 451

Fin de partie

Frankenstein

Gargantua

Germinal

Hamlet

Horace

Huis Clos

Jacques le fataliste

Jane Eyre

Knock

L'homme qui rit

La Bête humaine

La Cantatrice Chauve

La chartreuse de Parme

La cousine Bette

La Curée

La Farce de Maitre Pathelin

La ferme des animaux

La guerre de Troie n'aura pas lieu

La leçon

La Machine Infernale

La métamorphose

La mort du roi Tsongor

La nuit des temps

La nuit du renard

La Parure

La peau de chagrin
La Petite Fille de Monsieur Linh
La Photo qui tue
La Plage d'Ostende
La princesse de Clèves
La promesse de l'aube
La Vénus d'Ille
La vie devant soi
L'alchimiste
L'Amant
L'Ami retrouvé
L'appel de la forêt
L'assassin habite au 21
L'assommoir
L'attentat
L'attrape-coeurs
Le Bal
Le Barbier de Séville
Le Bourgeois Gentilhomme
Le Capitaine Fracasse
Le chat noir
Le chien des Baskerville
Le Cid
Le Colonel Chabert
Le Comte de Monte-Cristo
Le dernier jour d'un condamné
Le diable au corps
Le Grand Meaulnes
Le Grand Troupeau
Le Horla
Le jeu de l'amour et du hasard
Le Joueur d'échecs
Le Lion
Le liseur
Le malade imaginaire
Le Mariage de Figaro
Le meilleur des mondes

Le Monde comme il va

Le Parfum

Le Passeur

Le Petit Prince

Le pianiste

Le Prince

Le Roman de la momie

Le Roman de Renart

Le Rouge et le Noir

Le Soleil des Scortas

Le Tartuffe

Le vieux qui lisait des romans d'amour

L'Ecole des Femmes

L'Ecume Des Jours

Les Bonnes

Les Caprices de Marianne

Les cerfs-volants de Kaboul

Les contes de la Bécasse

Les dix petits nègres

Les femmes savantes

Les fourberies de Scapin

Les Justes

Les Lettres Persanes

Les liaisons dangereuses

Les Métamorphoses

Les Mouches

Les Trois mousquetaires

L'étrange cas du Dr Jekyll et de Mr Hyde

L'Ile Au Trésor

L'île des esclaves

L'illusion comique

L'Ingénu

L'Odyssée

L'Ombre du vent

Lorenzaccio

Madame Bovary

Manon Lescaut

Micromégas
Mon ami Frédéric
Mon bel oranger
Nana
Ne tirez pas sur l'oiseau moqueur
Notre-Dame de Paris
Oliver twist
On ne badine pas avec l'amour
Oscar et la dame rose
Pantagruel
Le Misanthrope
Perceval ou le conte du Graal
Phèdre
Ravage
Roméo et Juliette
Ruy Blas
Sa Majesté des Mouches
Si c'est un homme
Stupeur et tremblements
Supplément au voyage de Bougainville
Tanguy
Thérèse Desqueyroux
Thérèse Raquin
Ubu Roi
Un Barrage contre le Pacifique
Un long dimanche de fiançailles
Un secret
Vendredi ou la vie sauvage
Vipère au poing
Voyage au bout de la nuit
Voyage au centre de la terre
Yvain ou le Chevalier au lion
Zadig

À propos de la collection

La série FichesdeLecture.com offre des contenus éducatifs aux étudiants et aux professeurs tels que : des résumés, des analyses littéraires, des questionnaires et des commentaires sur la littérature moderne et classique. Nos documents sont prévus comme des compléments à la lecture des oeuvres originales et aide les étudiants à comprendre la littérature.

Fondé en 2001, notre site FichesdeLectures.com s'est développé très rapidement et propose désormais plus de 2500 documents directement téléchargeables en ligne, devenant ainsi le premier site d'analyses littéraires en ligne de langue française.

FichesdeLecture est partenaire du Ministère de l'Education du Luxembourg depuis 2009.

Plus d'informations sur www.fichesdelecture.com

Notes :